KB235474

오른팔을 뻗다

유심문학회 사화집 2011

오른팔을 뻗다

인북스

사화집을 펴내며

또 한 해를 살았습니다.

식구가 늘어났고,
이력서에 시집 한 권이 늘어났습니다.
추가된 나이테만큼 세상에 끼친
죄도 팽팽하겠습니다.

그러나 어쩌겠습니까?

시인이라는 이름 하나로
이렇게 황홀한 것을.

2011년 세모에
유심문학회 회원 일동

차 례

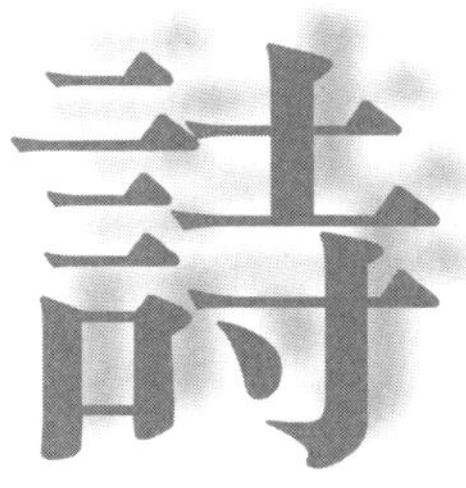

김대봉 김태암 김택희 김향미
배재형 성승철 엄계옥 오승근
우호태 이갑노 이　랑 이무열
이석란 이학종 임연태 임효림
정정례 허진아

25시 TV

김대봉

마침내 그녀가 자명종을 끌어 안는다
자정무대 첨탑 한 점에 정렬한 바람
어둠으로 감싼 스파크를 감싼다
마실 나간 영상이
지붕 위 안테나 숨통을 밟고
고꾸라진 채 무너져 내린다
휴대전화로 문자시술을 시도할 때마다
한입 한입 베어무는 진공관 속 불빛
필라멘트 사이 낯선 곤충 자국이
음성알림, 서비스에 그렁그렁댄다
옥탑방으로 음악경연 리본이 날릴 때
풀럭풀럭 긴 머리를 쓸어 올리는 여자
빙 둘러 발기된 두 줄 머리띠가
피아노 건반 위로 마감뉴스를 연장한다
감정을 가진 세레나데라는 듯
영상 갯벌에 땅거미를 맡긴 그녀
햇살을 찾아 나선 바닷가재처럼
끈적끈적 악마의 유혹*을 들이킨다
바보상자(箱子) 속 25시

서서히 그녀를 끌어내리고 있다

* 프렌치 카페의 일종.

극락강으로 오세요

천당을 흠뻑 적시게 하는 거라면서요

강물을 마시면 오래살 수 있는 건가요
강둑에서 칠성공을 드리는 엄마
사내는 오월강을 향해 입질을 합니다
출렁이는 시누대에 그믐 탄창을 두르고
얼룩, 못다 지운 흔적을 일발 장전합니다
마지막 꿈이나 꾸거라 모두들 꾸는 시간
나는 물개표 공, 놀이에만 몰두하고 있어요
흔적과 얼룩 사이에서
강보는 조련사의 눈치만을 바라보아요
먹구렁이 내 눈을 훔치가는 사이
초병들이 물속으로 뛰어들어와요
붉은 사내와 푸른 물고기가 뒤엉켜 경주를 하고
맨발로 구르던 허공이 뱃길을 내고 있어요
아 아 내가 저리 날쌘 적 있었나요
미끄러지듯 하행선 그림자가 제 몸을 도려냅니다
지난 밤 받아먹은 국방색 토마토가 자라
붉게 물들어요 앞서거니 뒤서거니
이 강의 저녁은 물렁물렁하지요
수초에서 나를 노려보는 작은 탄흔들

오월의 강에는 못다 한 이야기가 남아 있어요
새벽을 찾다 눈이 내리면
다시 군화를 신고 공을 굴릴거예요
아카시아 향 가득한 바람으로 계곡을 늘리고
쪼개진 당신의 심장을 돕겠어요
구름의 신경이 당도하기 전
나는 마지막 제(祭)를 올리고 사라져요

어머니 이 강물에서는 젖지 않아요

풍장

허공에 수몰되어 있는 저녁
누군가를 빠뜨렸던 바람 앞에 어둠의 나날들 끈질기다
수면에 기대어서니
출렁이거나 점점 우쭐해지는구나

지상을 향해 가슴에 부표를 달던 날
언젠가 단 몇초라도 살해되었던 별빛바다 창가에서
바람은
뚝 뚝 뚝 눈물을 흘리고 있었지만
그건 너무 먼 기억뿐이어서
아마도 배냇적 백만 분의 일의 이야기

저녁이 이곳을 지배했을 때 바람은 어디로 사라졌을까

느릿느릿 적막, 그의 단어들
어두컴컴한 글발을 따라 스무고개를 넘자
그들을 감싼 퀴즈다운 퀴즈
잠시 글발이 말이 되는 동안
허공은 구름 속에 들어온 바람의 본적에 입을 맞춘
적 있다
수평이었다가 수직이 아닌 곳에서

그러나 상상력은 바다였을 허공은
낙하하는 제 속도를 물끄러미 본 후 물고기떼처럼
경계를 알려주었지만
이제 막 수면에 들어간 바람의 곁을 다가가지 못한다
어둠의 문장으로 남아서 바람의 흔적을 찾고 있다

저녁, 쏴 쏴아 수면처럼 차오르는 바람은
그의 만찬회에 초대받을 수 있을까
그 누군가를 빼앗았던 영혼 앞에 한밤의 나날들 집
요하다
허공 밖으로 글썽거리니

채색되었거나 스스로 풍장(風檣)이 되어가는구나

퀴즈다운 퀴즈 하나 노닐겠구나

김대봉 | 2010년 《유심》 등단, 〈영주일보〉 신춘문예 당선.

매춘부
—스폰서 검사님들에 붙여

김태암

팬티는 입지 않는다. 생산물의 빠른 출고가 작업능
률 향상에 크게 기여하는, 자연 발생적 노하우로 합
리주의라 할 수 있다. 신체적 접촉이 없는 호객행위
는 헌법에 보장된 고유의 권한에 속하므로 아슬아슬
한 치마를 살짝살짝 걷어 올려 법에 위반 되지 않을 만
큼 눈요기 시키던가, 상품의 실물을 평가하고 선택하
게 하는 고객서비스전략이 숨어 있다. 웅뎅이를 살랑
살랑 흔들어 냄새를 풍기는 콘텐츠는 새로 개발된 국
제적 홍보전략인바, 신규매출 신장에 기대가 크다.

고저와 흑백 같은 것이 사업에는 의미가 없다. 상대
를 가리지 않는다 직업의식이 투철한 평등주의자다.
공리주의자다. 누이 매부가 좋은데 얼굴 붉어질 필요
가 없다. 붉어질 얼굴도 없다. 관행이었으니까. 붉어
질 얼굴이 있다면 가린척하고 손가락 사리로 굽어보
아라. 얼굴보다 말고 화장실로 뛰어가 토하고 싶었을
거다.

화장 짙은 하얀 얼굴로 거룩한 청사에서 목에 깁스

하고 정의와 자유, 평화를 치켜세운다. 쓸개는 집에 두고 온다. 조금은 거추장스러워서다. 세상에 알지 못하는 누가 밥값, 술값, 화대 말없이 챙겨준다 위장만 가져가면 된다. 두 쪽은 가져가야 한다. 고삐 주은 거 벌줄 수 없다. 고삐에게 죄 물어야 한다. 팬티에게 벌 주어야 한다. 입 벌린 구멍이 문제다. 몸 팔고 마음까지 팔았으니 매춘부를 표창하라. 매춘을 찬양하라.

병원에 냉동실이 있다

내과 외과 신경정신과 옆에 영안실이 있고

오늘은 승용차 타고 떠난다
언젠가 한 사내가 버스 타고 떠나리

헐거워진 너트는 조이고 마모된 베어링 교체하고
유니버설 조인트에 그리스 치고
내구년 다한 정비 불가능 폐차장에

스트레처카 타기 싫다 병원 가기 싫다

사랑하는 사람을 떠난다 병원을 떠난다
가슴에 남긴다 그리고 잊혀진다

푸줏간에 매달린 고깃덩이 나를 남긴다
배가 침몰하여 사라지듯 흔적 없이 떠났으면

리무진 타고 떠난 사람
승용차 타고 떠난 사람

바람에 몹시 흔들리는 아침, 아무렇지 않게

버스 한 대 조용히 떠난다
옆 병실이다 오늘은 나 아니다.

마니차(摩尼車)

누런 앞니 몇 개 엇갈려서 얼굴이 지탱되는
설산 눈빛에 그을려도 얼룩이 없는
읽고 쓰지 못하는 까막눈이

손바닥 판, 덧댄 무릎 타이어 조각 헤어지고
바람이 실어 나르는 타르쵸 언덕 4800m 넘고
룽다가 경전 읽는 마을 지나
365km 오체투지(五體投地)

돌산을 칼바람을 오르고 눈비에 젖고 떨며
핏빛 짓무른 이마가 넘은 히말라야
허기진 신심(信心)은 오직 경전(經典) 한 번 읽는 거

누구인가, 그의 염원(念願)을 풀어준
미적분으로 풀 수 없고 양자역학으로 풀리지 않은
통 속에 삶의 비기(秘記) 적어
한 바퀴 돌리게 한

다 같다는 거 이루게 한.

김태암 | 완도 출생. 2010 년 《유심》 등단.

누들로드

김택희

한 방향으로만 걷는 습관 때문에 나는
가끔 길을 잃곤 해요
빌딩 숲에서 헤매다 만난
당신과의 저녁

마주한 국수 그릇
담긴 면발이 가야 할 길처럼 놓여 있어요
빼곡히 그어진 지도 위
어제를 걸어도 여전히 낯선 길이 되는
굽은 어디쯤

굵어진 눈발 유리창에 무늬를 놓아요
왼쪽으로 꺾인 뒷골목 등불 아래
유목으로 떠나는 소담한 위로

언 발 녹여 나누는
당신과의 저녁
당겨진 국수 가락이
시간의 둥근 모퉁이를 돌고 있어요

계절의 저녁 풍경

작은 창으로 들어온 철길이 평야를 끼고
느리게 굽어 있다
기차가 간이역에 쉬었다 떠날 즈음이면

구름을 오락가락하던 등 굽은 달처럼 난
창가를 서성여 이 생각 저 생각 떠올린다
사이사이로 더위도 꺾이고
어둠이 내려서고

떠나보내야 하는 사람의 맘처럼
창문으로 내다본 평원이 아뜩하다
풀잎 사이에서 태어난 바람이
그곳으로부터 다시 얼마간 흔들린다

보내기 싫어 주춤거리는 나를 두고
열차의 꼬리가 점점이 멀어진다

휘어진 것들 앞에서 내가 먼저 꺾일 것이 안쓰러웠
는지
평야의 너른 팔이 붉은 해를 지우고
어둠을 받아 슬쩍슬쩍 덮고 있다

타임모텔

타임! 하고 외치면
모든 시간은 동작으로 멈췄다
때로 그렇게 멎고 싶던 어릴 적 놀이
동네 외곽 키 높은 모텔의
간판으로 서 있다
만질 수 있는 돌출된 시간 앞에서
저마다의 밀림을 주문하는지
건물 꼭대기의 불빛 올려다본다
벚꽃비 날리는 여행의 복판
엉거주춤 내리지 못하는 팔 어색해도
달려오던 길 멈춰 은근한 꽃그늘에 숨어들까
술래 피해 두리번거린다 하지만
어쩌랴
계절은 늘 친절한 것은 아니어서 여전히
모텔 앞의 꽃잎은 벚나무 아래로 지고
바람조차 이리저리 흩트려
멀어져만 가니

김택희 | 2009년 《유심》 등단.

허기

김향미

빈 의자를 보다 오지 않은 악어가 떠오르다

검은 안경을 쓴 연주자는 멜로디 사이사이에 바이브
레이션 같은 손날갯짓을 한다 들려오는 하모니카 소
리에 눈을 감는다

깊은 음악 속에 악어가 흐느적거리다

손뼉을 칠까 어깨를 들썩일까 머리를 까닥일까 온전
히 취하지 못한 내가, 박자를 맞추기 위해 고민한다 삼
키다 목에 걸린 허밍, 카스텔라 향 달콤한 허공으로

거친 꼬리를 끌며 오지 않은 악어가 멀어지다

창밖 이내를 바라보았으나, 의자를 망각하지 않는다
어스름 속에 카이만, 크로커다일, 앨리게이터, 라코스
떼…… 카스텔라 빵보다 아름다운 이름을 부르면

오선지에 걸린 악어 비늘이 날아오르다

스카이라운지에서 바라보는 강변로, 명품 어둠을 배
경으로 뿌리 없는 음악이 내 안에 찾아온다 들려오는
종소리마다 모든 경로를 열어 두고

오지 않은 악어의 큰 입속으로 악어새 걸어 들어가다

분신 같은 가방, 의자 위에 허물처럼 널브러져 있다
배고픈 늪지대, 간식 접시들이 물끄러미 놓여있는 탁
자, 의자 등받이에 묻히고 싶었으나 고스트처럼 맴도
는 뮤즈,

악어가 끌고 간 길이 바다에 닿다

상류

<blockquote>
나는 가끔 '지는 자가 이기는 자'가 되는 놀이를
하는 것이 아닐까, 그리고 모든 것이 백 갑절로
불어서 되돌아오기를 기대하면서 예전의 희망들을
짓밟는 데 열중하는 것이 아닐까……
—장 폴 사르트르, 〈말〉 중에서
</blockquote>

여기가 중독지점이다, 점프
줄이 물에 닿을 듯 말 듯한 지점에서 오래 흔들린다.

점프대의 높이가 줄의 길이를 정한다
굴절이 시작되는 빛의 연회장으로
목을 매고 비행한다(요 행의

목은 몸의 고의적 오타다.)
해도, 진폭이 줄어드는 즈음에서
새로운 숨결로 열리는 천상의 빛이 감싸줄 것이다
라는, 예측은 단단하다 수 가닥 엮인 줄, 꼬이고
꼬일수록 불안의 틈새가 좁아진다
까마귀울음 사이로 어디선가 불쑥 끼어드는 행진곡
뛰어야 한다 눈을 감고, 다시 적멸 같은 적요
부릅뜨면 좋겠다
남은 삶이 있어 떨리는 것이다 실전 같은 연습 앞에서
신발이 치명적으로 미끄러지고(이 행의 신은

시의 오타라 억지한다.)
5. 4. 3. 2. 1, 고요한 수면
그러니까 상류를 거쳐 온 침묵,
누구도 물에 아무런 영향을 끼치지 않았[는]다. 결정
적으로
진부한 수심과 시드는 진폭 사이로 유행가 가락이
느닷없이 빠르게 밀려갔을 뿐이다

이 시의 제목은 오타다.

이것은 시가 아니다*

오늘이 다 가지 않아도 신문이 낡아간다, 죽어도 신문
지인; 낡아가는 시간을 모아 한 덩어리로 묶어야 한다
한 달, 일 년, 십 년도 뭉칠 수 있다면, 숙성되는 반죽처
럼 짧고 긴 시간들 차지게 기록할 수 있다면

추석 하루 전 내린 비가 서울의 강수량을 백여 년 만
에 새롭게 기록했다 연휴 동안 쌓인 신문을 뒤적인다 물
에 잠긴 도시민 이야기는 물 빠지는 수영장 바닥처럼 하
얗게 말라간다 재난을 전해 듣는 나는 왜 죄스러울까 적
막은 늘 축제 뒤에 선다

도서관에서 빌려온 책이 연체되었다는 문자가 온다
다 읽지 않아도 기한 안에 반납하는 건 내 연습된 버릇,
나는 다루기 쉬운 인간형이므로 약속은 지키려 애쓴다
나는 구름을 좋아하는 인간형이므로 웬만하면 약속을
만들지 않으려 애쓴다

나는 지금을 낡게 하는 힘이다 산간오지보다 적막한 즈
음에서 나는, 지금을 생생하게 익어가고 싶다 정적은 언제
나 바람보다 앞에 온다 배달 오토바이 소리나 아이 울음
소리에 정적의 벽은 스스로 두터워져 귀를 닫을 줄 안다

바깥을 향하던 나는 수확을 앞둔 열매처럼 영글어야 한다 나른한 걸음을 이끌고 잘 익은 죄 하나 흔들리며 일어난다 그늘에 꼬리를 물리고도 늘어져 꿈쩍 않는 고양이의 멀뚱한 시선이 눕는다

9월 25일 토요일, 날씨 맑음, 이런 표제 옆 알림 표시는 생략한다 그리고, 언젠가 뒤적여볼 하루치 여백에 채우는 낙서:

시간 밖 세상, 'NGC 1365 은하', 촬영, 22일, 추석, '거대 막대나선은하', 지름 지구가 속한 은하의 두 배, 20만 광년에 달한? 6000만 광년, 밖, 바깥, 밖, 몇 Km······? 수학이나 수확? 거기에 닿는 시간과 거리를 수치로 환산해본다면? 그 숫자를 나는 읽어낼 수 있을까? 나는 언제 수확되나? 싱싱하다는 말은 언제 들어도 싱싱하다, 싱싱하다는 말이 시든다 세상 밖 시간 밖에 시가 있다

* 드니 디드로, 소설 〈이것은 소설이 아니다〉.

김향미 | 2009년 《유심》 등단.

오른팔을 뻗다

배재형

아침저녁으로 서로 손 비비며 소통을 나눈다
텅 빈 목욕탕에서 때를 밀기 위해 앞으로 오른팔을
뻗었다
침묵의 비누와 소통한다 오른팔은 비누 같다는 생각
을 한다

팔등 위로 듬성듬성 시들어 가는 풀이 나 있고
추억을 깨우는 상처들, 어릴 적부터 크지 않는 작은
상처들 사이
느리게 벌레 같은 점들이 기어간다

나는 척박한 거처에 씨를 뿌리지 않았고
우물을 팠지만 물을 길어 올리지 않았다
다만, 가끔 오는 이 목욕탕에서 축 늘어진 거처를 뻗어
때수건으로 거친 거름들을 파내고 있을 뿐

시간의 거푸집인 시커먼 때를 말아 세상에 보낸다
생활에 오염된 각질이 온통 몸뚱이를 감싸면
일상의 담보물로 변해 버린다

서글퍼 보이는 오른팔을 사랑한 일도 없이
　일상을 맡기고 있었다 오른팔은 거품과 함께 사라져
버린다

비 오는 목욕탕

가득 찬 물이 넘쳐흐른다. 물이나 풀의 흐느적거리고 우유부단한, 작은 창 사이로 해 쏟아지던 봄하늘 가득 유유자적 네모난 욕탕 어귀를 돌아 돌아 그리워한다. 뿌리처럼 맨몸을 매만지며 피붙이 체감온도라도 감지하려는 것일까. 쏟아지는 줄기를 따라 가족이 되고 싶었다. 살아 있는 뿌연 거울 속 알몸이 숨으면 정지해 있는 거울 속 유령 같은 추억도 숨는다.

목욕탕 가던 주변 곳곳에 굵은 때가 벗겨지고, 아버지의 등을 밀다 밤이 되면 약봉지를 들고 옷을 입었다. 철없던 땟물처럼 어린 시절 소풍을 간직한 아버지 무덤에도 광합성이 필요했다. 숨쉴 수 있는 맨 처음과 끝자락에 옷장을 마련하고, 하늘 가까이 낡은 건물 맨 꼭대기 목욕탕에서 별을 태워 만든 흉터를 감춘다.

흉터 위로 비가 내린다. 거친 숨소리 어지럽게 흩어져서 입에 닿는 빗줄기도 목이 마르다. 시간이 공간으로 흘러서 마찰력 넘어 감각이 되면 만져보고 싶었던 살갗을 태워 띄운다. 강물은 비 오는 산등성이에서 알몸처럼 숨는다. 비 오는 목욕탕이 아버지의 무덤으로 흘러가고.

불빛, 불빛들

술 취한 택시 밖 풍경이 불빛들을 하나씩 지나친다 한 시, 제일 첫 번째의 시간 그리움으로 출렁이던 가슴에 불빛들을 담고 귀가길 불빛들을 따라 장남이나 첫 번째 남편은 저문 해 앞에 놓인 잎처럼 쓸쓸하다 밤을 꼬박세운 불빛 가는 실핏줄 아프다 마을은 멀고 강추위에도 얼지 않은 불빛들은 잠시 눈에 덮여 있을 뿐이었다 불빛 속은 따뜻할까 마음의 입들은 침묵하지 못하고 질문한다 불빛 속에서 예쁜 애인의 가슴을 만지고 있는 대머리 노총각은 행복할까 어젯밤 잠시 만난 비가 내 몸을 녹슬게 한 걸까 누군가 몹시 보고 싶은데 생각이 나지 않는다 자꾸만 건망증이 생기고 있다 나는 회문(回文)을 읽듯 점멸하는 가로등을 그렇게 헤치고 간다

배재형 | 2007년 《유심》(시), 《월간문학》(아동문학) 등단. 현 한국야쿠르트 홍보팀 대외PR 담당 과장.

그만 사정하세요

─죽음 스케치

성승철

아직 이른 사내가 부검실로 왔어요
선장에게 입원한 아내한테 간다는 말을 마지막으로
팔일 만에
사내는 이제 사건기록일 뿐이에요
그 밤의 진실에 굶주린 눈들이 현미경처럼 사내
를 읽고 있어요
굴 따던 눈에 잡혔어요 사내는
진실을 어디에 숨겼는지, 지금
즐기지 못한 유년을 숨박질하고 있어요
지상의 눈으로 지하의 언어를 이해하는 건,
같이 젖어보지 않고 젖은 침묵을 이해하려는 건 욕
심이죠
탐사등 같은 메스 앞세우고 사내의 바다를 방황하는
저 눈들
여* 같은 행운이라도 하나 찾으면 그만이죠
허기진 메스가 사내를 포식하는 사이
두개골 사이로 사내의 추억들이 물처럼 새고 있어요
푸른 남해의 꿈이 사라지고 있어요
육탈하는 영혼 붙잡느라 물바가지처럼 깨진,

보세요, 죽음에 맞선 저 영혼의 전사를,
형광불빛 따라 달굴 대로 달구어진 눈들이
심장, 간, 허파를 붙들고 사정하고 있어요
귀찮다는 듯 사내가 한 조각씩 떼어주며
침묵으로 빚은 죽음과 인생을 툭툭 던지고
미처 준비 못한 눈들이 당황하고 있어요
동산만큼 커진 심벌이 이 상황을 즐기고
얼굴이 붉어진 사내가 주섬주섬 기록을 덮고 있어요
저런, 콩팥을 빠뜨렸네요 그날 밤 빠뜨린 헛발처럼요
사내의 몸이 뜨고 있어요
종신형 죄수가 특사로 석방되는 거예요

빨리 아내에게 돌아가야 해요
그만 미련을 거두세요
그만 사정하세요

*여: 물 위로 드러나지 않는 암초.

변명을 위한 변명

오늘 또 지상(紙上)에서 사무실에서
다섯 개의 변명이 나를 지나갔고
나는 그 변명들의 단맛을
혀로 음미하고 있다

모든 변명에는
달콤한 설탕의 뿌리가 달려 있다
모든 인간의 혀는
변명을 사랑할 수밖에 없다

어떤 이들은 변명을 미워하지만
난 변명을 미워하는 그들을 더 미워한다
약한 인간에게 변명마저 없다면 마지막으로 기댈 그
것마저 없다면
제대로 살아남는 이는 아무도 없을 것이다

소크라테스도 죽음 앞에서 변명하고 싶었고
그를 고발한 아뉘토스도 그의 고발을 변명하고 싶었다
소크라테스 변명은 변명을 좋아하는 인간의 변명일 뿐
내 최초 변명은 진달래꽃이었다
초등시절 등굣길에서 진달래꽃은 내 구세주였다

사고로 먼저 떠난 옆집
재군 형과 동길이의 구세주도 진달래꽃이었다
봄만 되면 피어나는 변명으로 이 지상은 차고 넘친다

변명을 미워하지 말자
변명하는 혀들을 미워하지 말자
조카를 죽이고 왕(王)을 빼앗은 수양의 혀에게도 할
말은 있다
약한 인간의 혀가 지나간 자리엔
늘 변명이 남는다

변명을 미워하지 말자
변명을 너무 증오하지 말자
변명은 알몸으로 태어난 인간을 위한 따뜻한 의복이다
마지막 자존심이다

밥과 법

모음 착각하지 마라
혀 잘못 놀리면 중-는-다
모르는 것도 죄(罪)다

얼마나 자유롭고 향기로웠던가
어머니가 평생 가장 쉬웠던, 밥
얼마나 맵고 독했던가
아버지가 평생 가장 어려웠던, 법
오늘 한 그릇 밥을 몸 안으로 모시고
한 그릇 법을 몸 밖으로 보낸다

이십여 년 동거해 온 법,
오늘만큼 버린다 법의 이름으로 오만한 정치의 이름
으로
세상에서 지워진 하나 여덟 셀 수 없는 그 순한 꽃들
아첨꾼 같은 신문 쪼가리에 수십 년 만에 무죄(無
罪), 무죄라는 이름으로 다시 피어났건만
우리들의 허기진 밥과 법을 위해 제물이 된 그들의
흔적을
나는 견딜 수가 없다
공사판 쇠망치에 맞은 못처럼 찌그러지고 뒤틀린

학교 문턱 못 넘은 아버지 무덤에게나 물어봐야 할
우리의 밥과 법,
오늘은 또 누가 목을 비틀며 외치는지
내일은 또 누가 길을 막으며 자유와 정의를 외칠지
검은 손들 눈먼 박수들 아직도 여전한데

치국을 위한 것이었다고 치국을 위한 것이라고
밀가루 반죽하듯 옛다 요것이 법이다 이것이 자유다
입맛대로 주무르던
그 법의 부역자들은 아직도 건재한데
열 명 죄인 놓치더라도 한 명 무고한 사람 잡지 말라던
법 진리는 아직도 유효한가
아직도 살아있기는 한가

그러니까 당신, 모음 착각하지 마라
밥 법 밥 속 법 속 밥의 법 법의 밥
법 속에 들어앉은 인간의 검은 얼굴을 본 적이 있는가
밥 속이라고 법 속이라고 마음 놓지 마라
한끝 차이에 당신 목 풀리고
한끝 착각에 당신 목 감긴다
그 착각의 차이에서 방심하다 다들 그렇게 갔다

어머니가 평생 가장 쉬웠던
아버지가 평생 가장 어려웠던
아버지 무덤에게나 물어봐야할

썩을
배라먹을

성승철 | 전남 여수 출생. 2009년 《유심》 등단. 문학동인 시와 산문 회장 역
임. 현재 순천문인협회 부회장.

고래 뱃속 이야기

엄계옥

　적운층이 낮은 포복으로 마을을 점령하자 신명리*
는 순식간에 바다를 삼켰다 고래 뱃속에 빠진 요나 서
둘러 우레를 앉히고 나면 허기진 창자는 회전문 식당
을 넘어선다 허름한 탁자에는 전신이 젖은 소주가 앉
았고 홀연히 소주와 마주앉게 되자 느닷없이 니느웨
인의 야생이 궁금해졌다 한 잔 두 잔 빈 목을 타 넘
은 알코올은 한바탕 위장을 훑고 내장까지 샅샅이
뒤진다 다시스를 향하던 이성은 꼼짝없이 결박당했
다 취기는 요나를 니느웨로 실어 날랐다 니느웨인의
횡포는 고래 뱃속을 점령했다 삶을 조그만 초콜릿 상
자로 둔갑시키고 하루치의 야생에 대한 망각을 풀어
육체마저 티끌로 뭉개버렸다 비로소 완전한 자유를
얻은 탕아, 술의 유희와 잠깐 흐느적거린 사이 그 안
에 수백 만 년 잠자던 익명의 아르디들(Ardi) 탕자가
되어 신명나게 아우성쳤다 하늘이 몽땅 바다에 빠진
날 낮술에 신명났던 낯선 하루 고래 뱃속에 들었던 요
나 이야기

* 경주시 감포읍에 있는 조그만 어촌마을.

목욕탕에 핀 장미

라디오 프로그램인 '싱글벙글 쇼'에 남자 목욕탕 소리가 들린다 달팽이관에 빠진 내가 우람한 등짝에 핀 장미를 따라 남탕으로 들어선다 뿌연 안개 속에 장미꽃이 만발하다 줄기를 따라 탐스럽게 핀 꽃송이를 세어 나간다 가시넝쿨 우거진 꽃밭 가운데를 지날 즈음 난데없이 하얀 아기천사의 몸이 불쑥 솟는다 거기에 천사가 살고 있을 줄이야 장미정원은 천사를 품고 뽀얀 새털구름을 벗겨내고 있었다 잠시 후 탕 밖으로 이동하는 정원, 탈의실은 순식간에 장미향에 잠식된다 꽃밭 사이를 천진난만하게 날아다니는 아기천사 천사의 겨드랑이 손질을 끝낸 정원이 우르르 밖으로 쏟아진다 쥐죽은 듯 조용하던 탈의실이 일시에 소란에 휩싸인다 그와 동시에 우당탕탕 계단을 뛰어 오르는 발자국 소리 탈의실 문이 제풀에 삐걱 놀라고 사람들은 저마다 석빙고에 갇힌다 ―아, 우리 아기 스웨터를 놓고 가서-의자위엔 날개 접힌 분홍 털빛 스웨터가 앙증스레 앉아 있었다 공포에 갇혔던 눈알들이 녹는다 꽃밭에선 꽃들이 모여살고요 라디오 밖으로 신나게 빠져나오는 우리유치원을 따라 남탕문을 나선다 우리 유치원 우리 유치원…… 귓바퀴에 물린 천사가 연신 종알댄다

늦단풍

계절이 비탈을 껴안으면
흉곽 문 스르르 열리고
몸 속 첩첩 달린 문들이
하나씩 열리는
소리의 통로를 따라
집을 나선다
차가운 바닥에 닿은 후라야
비로소 하나로 포개진,
몸 안으로 잠입한 불씨
만물의 늑골로 파고들어
팔부능선을 넘나들며
걷잡을 수 없이 번져간다
정수리에서 발그레한 뺨을 지나
심방에서 심실로
활 활 활
벼랑 끝을 향해 치닫다
마침내,
스스로 곡기를 끊고
나락을 향해
빙그르르 모가지를 꺾는 점입가경

엄계옥 | 울진 출생. 2011년 《유심》 등단.

비의 문법

오승근

무명초의 색다른 자료들을 서술하며
비의 판서가 대지 위에 진행되고 있어요
계절의 빈 노트에 문맥이 구성되고
목판활자의 차례를 교정하듯
파본된 대지를 촉촉하게 적시는 빗소리
넋을 위로하고자 몸부림치는 역동성과
화응하는 반사적인 소리도 감지되고 있구요
가지마다 방울방울 꽃으로 피어나
옥류수로 발표되고 있는 야외강당
적막한 강의실 청강생의 잠꼬대처럼
계절 학기에 몸살을 앓고 있는 생명체들
문장의 부록에 귀속되는 멋스러움으로
질량에 맞는 문법들을 받아쓰고 있네요
맞춤법이 어긋나도 문맥은 상통하여
언어의 꽃을 피워내는 바람문법과 달리
섬세하게 이론이 검증되고 있는 비의 문법
자유분방했던 계절의 한때를 분노하며
다량의 공세적 질문을 퍼붓고 있는 빗소리
선열들의 서슬픈 목소리로 되돌아와

선잠에 빠져 있는 관리들을 깨우고 있어요
오역된 자유무역협정의 문구를 수정하여
선언서 낭독하듯 소리치는 비의 곡조
무명초처럼 저 홀로 피었다 시든
역사의 붉은 꽃잎들 자자손손 뿌리 내린 곳
함구한 채 묻혀버린 언어를 발굴하여
야위어간 일대기를 들려주고 있는 비의 절규
계절학기의 빈 노트를 펼쳐 놓고
뒤늦게 수강 신청을 서두르는 비목에
바람은 언어의 꽃이라도 새록새록 피워줄까

낙관의 온기

근대사를 탐독하다가 약손가락마디가
잘려 나간 안중근 의사 낙관과 악수를 나누었다
섬뜩한 울분과 용맹이 손금을 타고 전해진다
혈죽이 핀 지 1세기, 무관심 속에
혈색을 잃어가고 있어 수혈이 시급했다
손가락 마디를 잘라 낙관에 응급수혈 했다
마디를 뜨겁게 이식 받은 낙관에 온기가 돈다
노령 카리에서 단지동맹을 결성하며
태극기에 '대한독립'이란 혈서를 써내려 갔다
굳은 악수를 나눈 뒤 함께 독립운동에 나섰다
러시아 크라스키노 전투에서 나는
작전참모가 되어 국내진공작전에 기여했다
비명소리를 짓밟아온 일본군 사살 60여 명
작전은 성공했지만 의병전술을 수행하면서
현대전술에 익숙해 있는 나로서는 난관을 겪었다
나는, 현대전술토의를 제의했고 다음 전투에
현대전술을 적용하면 대승할 것이라고 호언장담했다
동지들은 동의했고 승리를 위해 훈련에 몰입했다
두 번째 영산전투에서 현대전술을 펼쳐나갔다
병력배치, 화력계획, 장애물계획, 결과는 대패였다
구사일생으로 본진인 연추로 귀환한 나에게

현대전술은 정보노출이 화려하다고 했다
독립운동은 바람처럼 적진 깊숙이 침투하여
근거리에서 추풍낙엽처럼 결정지어야 한다고 했다
도탄의 괴로움을 달래고 있던 안응칠 동지는
1909년 10월, 마침내 낙엽의 함성소리를 들었다
때가 왔다며 척살을 품고 하얼빈을 향했다
총성 한 발이 강산의 메아리로 역두에 울려 퍼지고
조선의 평화를 유린한 간웅 이토 히로부미는 즉사했다
'오늘 나는 복원된 동지의 낙관을 살펴보다가
생명선이 굵고 짧게 끊겨 있다는 사실을 알았오
동지가 피워 올린 혈죽은 대대손손 수혈하겠오'
간밤의 된서리에도 낙관은 온기를 수혈하며
위국헌신 군인본분을 유묵으로 찍어내고 있다

미인도 앞에서

어느 날, 수채화로 곱게 화장을 막 끝낸
몇 세기 연상의 미인도 앞에 서 있다
겨드랑이 살짝 내 비친 저고리의 앞섶이
외씨버선의 곡선처럼 느껴지는 것으로 보아
17세기 전, 후 조선의 미인이 분명했다
나는 오늘, 21세기의 한 사내로서
몸단장을 끝낸 여인 앞에 아랫도리를 내보이며
붓끝을 휘어 감는 눈빛으로 유혹하고 있다
활을 당기는 헤라크라스로 보였을까
과녁의 살처럼 몸을 부르르 떨며 반응을 보인다
세기를 넘나드는 유혹 끝에 주고받은 눈빛
역사가 우거져 있는 풍경 속을 함께 걷자 손 내밀자
액자의 문을 열고 표고 속을 사뿐사뿐 걸어 나왔다
21세기를 살아가고 있는 연하의 남자라고 소개하자
만족한 시선으로 고택을 빠져 나왔다
처음 만남이 누구에게나 서먹서먹하듯이
세기의 사랑을 좁혀가고자 그리움을 고백했다
그대와 나 사이, 사랑은 세기의 픽션이라며
맺을 수 없는 인연이라고 앞섶을 꼭꼭 동여맨다
아호도 없고 낙관도 없는 그대가
몇 세기 연상인지 알 길 없어 애태웠다 했더니

그러기에 이날 입때껏 사랑 한 번 해보지 못했다 한다
속저고리 곡선의 시대적 배경을 꿰맞추면
내 사랑을 받아주겠노라는 여인 앞에
월출산 풍경을 조목조목 사랑 시 한 수 읊어대자
몇 세기 전 고산과 함께 이곳에서 시를 읊은 것이
첫 번째 나들이고, 이어 두 번째 외출이라 했다
시대를 초월해 농을 던지며 수작을 건네는 나에게
너무 오래 자리를 비웠으니 그만 돌아가자 한다
세기의 아쉬움을 뒤로 하고 배웅의 문턱에 서서
언제 다시 만날 수 있느냐고 약조의 날을 물었다
자신이 몇 세기 연상인지 알아맞히면
날 찾아와 앞섶을 풀어헤치겠다는 말을 남기고
아슴아슴 표고의 문지방을 넘어 갔다
21세기 사랑으로 미인도 앞에 서게 되는 날
고전적인 액자의 역사가 열리고 조용히 문이 닫힐
것이다

오승근 | 충남 공주 출생. 1997년 《호국문예》 소설 부문 가작. 2009년 《유
심》 등단. 시집 《세한도》.

산다는 것은

우호태

울지마라
가진 것이 없다고
그대가 진정 슬픔을 아시는가

기쁨으로 환한 미소 짓던 날도
그저 스친 씨줄이려니와
쉬이 마르지 않는 눈물도
살아갈 날의 날줄일지니

나서지마라
세상을 안다고
그대가 진정 삶을 아시는가

흙 내음 한 움큼 들이쉴 수 있다면
가난한 것만도 아니려니와
그 자리에 서성거림도
누군가에게 깨달음일지니

흑백앨범을 보면서

안부를 묻습니다
왕새우 먹으러 갑니다
보증을 섭니다
집들이를 합니다
딸 자랑으로 함박꽃입니다
천렵을 갑니다
윷놀이를 합니다
출출하니 한잔 하잡니다

햇살이 환한 날
그리운 얼굴들

사모

어머니

광목천 검정 교복을 어루시며
동백꽃처럼 붉은
당신 얼굴을 외면하였습니다

새벽 장 깻잎 보따리
지게에 얹으시며
괜찮니 괜찮니
당신 눈길이 시렸었지요

애
밥 먹고 자라
사랑방 군불을 지피시며
속울음 훔치시었지요

당신 뜰을 서성입니다

우호태 | 경기 화성 출생. 2011년 《유심》 등단. 시집 《그대가 향기로울 때》.

코골이

이갑노

쉽게, 마시는 들숨을 죽음이라 하고
날숨을 삶이라고 하자
하루에도 팔만 육천사백 번 이별하는 거다.
아내가 험한 일을 하고 와서
코를 골며 잔다.
단잠을 깨운 것은 코고는 소리였다
아내는 코고는 소리로도 나를 잠에서 깨운다.
불규칙한 코고는 소리에 맞춰
나도 숨을 쉰다.
드르렁, 드르렁, 드르렁……
깨진 범종소리 같기도 하고
목탁소리 같기도 하다.
같이 숨을 쉰다는 것 또한 동행이다.
아내의 코고는 소리가
저녁을 거른 시인의 쌀밥이 된다.
"숨을 멈췄다."
아내는 지금 구천을 둘러보고 있나 보다.

소(牛)무덤

죽은 소가 벽에서 편안히 잠듭니다.
돼지가 생매장됩니다.
수없이 죽음을 맞이했지만 이번처럼 가족과 함께 잠
든 적은 없습니다.
생매장된 돼지가 행복합니다.
죽은 소가 행복합니다.
소가 무덤이 지어진 것은 처음입니다.
돼지가 흙으로 돌아간 것 또한
늘 고추장과 마늘냄새가 있었습니다.
인간의 어금니가 기억하나요?
언감생심 무덤은 꿈도 꾸지 못했죠.
사자의 이빨이 그들의 무덤이었습니다.
목젖이 보이도록 하품을 할 때
블랙홀처럼 뚫린 구멍 하나 보이죠.
"가는 길, 소나 돼지나 마찬가지죠"
황우의 묘비처럼 파이프를 세워놓고
묻은 돼지새끼 꿈속에서 만나기를
뼈 하나 남기지 않고 보시하고 가더니
한치 앞도 못 보는 인생은 예술이다.

돌에도 때가 있다

올망졸망 등을 내놓고 있는 것들
도로변 축대로 쌓은 계곡의 돌들이 까만색으로 변했다.
까마귀가 보면 아저씨 하겠다.
이놈들 돌에도 피부가 있나?
햇살에 그을어 피부가 까맣게 타버린 줄 알았는데
개구쟁이 등짝처럼 때가 끼어있다.
내 어릴 적 겨우내 목욕을 하지 않아
목덜미에 Y자로 옷깃이 생기고
때를 살처럼 껴입고 살았는데
시체는 때가 끼지 않는다고 했다
하하 호호 얼마나 재미있는지
쭈그려 앉은자리에서 일어설 줄 모른다.

물속에 사는 돌들은 불은 때가 피부

이갑노 | 충북 옥천 출생. 2006년 《시인세계》(시), 2007년 《유심》(시즈)
등단.

이옥금 할머니

이 랑

그녀는 무기수다

수인번호 213-8
죄명은 '아내'
사십여 년 복역 중

신혼 때 뺑소니차에 치인 신랑은 늘어진 팔다리에
영양공급을 받으며 침대에 심어졌다 뱃속의 아이는
날벼락에 떨어지고 병원이 주소가 된 그녀는 환자들
의 식판을 치워주며 치료비 독촉장에 빗금을 그었다
잘게 자른 고기와 소독내를 비벼서 누운 입에 먹여준
다 누런 떡잎 머리카락을 듬성듬성 잘라준다 가위질
하는 그녀의 손등에 사나운 힘줄이 툭, 툭 불거진다 거
울 속 정장 입은 신랑이 환히 웃었다 출근길 배웅하던
복사꽃 아내도 따라 웃었다 그녀의 손에도 링거가 꽂
힌다 그 손으로 그의 목을 닦아주는 순간, 수천 번도
더 가지를 꺾고 비튼다

병원 울타리가

언제 그녀를 풀어줄지
아무도 모른다

단잠

참말로 저 달 속에 어매 있소?

놀이터에 앉아 아파트 불빛 바라보며 오십 고개를 소주잔에 털어 넣다 보니 지나온 울퉁불퉁한 돌길이 거대한 산맥이구먼. 국민핵교 나와 점원으로, 고향 아재 목욕탕 때밀이로 단칸방 넓히다가 두 여자를 만났는데 자식 하나 없이 빚만 놓고 내뺏제. 요상한 종교가 날 꾀어 열 겹 넘게 담을 쌓고 부려먹더니 팔 힘이 빠졌다고 내치데. 쪽박 대신 동생이 마련해준 리어카에 폐지 줍고 다니는데 그 리어카도 훔쳐가는 놈이 있네. 이게 몇 번째여. 눈 밝은 놈들이 더 무섭제. 그간 헛바람만 줏어먹고 살았구먼.

큰 행님댁에 얹혀살 때 어매도 봤제. 마흔 줄에 큰 행님, 작은 행님 둘 다 헛것이 와서 눈 빼 가는 거. 그 옛날 아부지도 눈뜨고 당했잖여. 작은 행님 딸도 초등학교 때부터 야금야금 눈알 파 먹히고 겨우 그림자만 붙들고 살잖여. 근데 작년에 더 깜깜눈 신랑과 결혼했제. 작은 형수가 거품 물고 말렸는데도 말이여. 도대체 그 헛것하고 뭔 원수졌길래 삼대가 그믐밤인겨. 조상 묏자리를 잘못 써서 천벌을 받았다는 둥, 귀신 들린

여자를 들여놔서 그렇다는 둥 별별 소문이 우리 집 감나무에 주렁주렁 매달렸잖여. 우리 사립문을 지나갈 때 사람들이 소금을 철철 뿌렸제. 이젠 형제가 나란히 손끝에 눈알 달고 남의 팔다리나 주물러 주고 사는구먼. 큰 형수는 평생 남의 밭 정구지단 묶어주다가 작년에 자기 무릎도 묶어버렸제, 지금은 선산 아부지 그늘에 누워 쑥부쟁이 키우며 푹 쉬고 있구먼.

어매, 어매는 시방 어디 있는겨? 그 헛것이 어릴 적부터 어매를 따라다녀 어매 시집보낼 때 외할배가 논마지기 업혀 보냈다 하더구먼. 그 헛것이 꼭 삼 년 만에 나타나 어매 머리채를 낚아채고 달아나면 눈알 빨개져 끝까지 따라가곤 했잖여. 열흘이고 한 달이고 그 헛것과 싸우다 지치면 거지꼴로 돌아왔제. 삼신할매가 뭔 심술을 부렸는지 애만 낳고 나면 더 심해졌다더니 그 헛것이 어매에게 달기들 때면 잠이 늘 시끄러웠어. 그렇게 온순하던 어매가 세숫대야를 팍 엎어뿌고 아들이고 뭐고 멱살 잡고 길길이 욕하며 기둥뿌리라도 뽑을 것 같았제. 어매 집 나간 후 십 년 넘게 기다리다 먼저 죽은 아부지 옆에 밥 한 그릇 올렸구먼.

달 속에서 손이 나와 내 눈을 감기네. 잠이 참 달구
먼. 다시는 깨고 싶지 않네.

추

나는 굉음을 지르며 날아갔다 저녁 짓던 압력솥 추
를 타고, 벌겋게 버무리다만 골뱅이무침과 지글지글
끓어 넘치는 해물탕 냄비를 뒤엎고, 아침저녁 실어 나
르던 아이들 학원길을 설거지통에 냅다 버린 채,

소낙비가 총알처럼 거리를 박음질한다 흙탕물을 튕
기며 내 가슴도 드르륵 박는다 삐져나온 실밥들이 터
진다 뒤틀렸던 내장이 쏟아져 나온다 도로가 다시 비
틀거린다 태풍이 도로의 고삐를 잡고 뒤흔든다 빌딩
유리창이 와장창 깨진다 플라타너스 척추가 뚝, 뚝 부
러진다 사거리 한복판, 내가 드러눕자 신호등이 자동
차 불빛을 단숨에 삼킨다

고요가 떨리는 눈꺼풀을 쓰다듬는다 감긴 눈 위로
뛰어놀던 아이들 웃음소리가 내 등을 일으킨다 책가
방 메고 넥타이 맨 시계초침들이 내 팔을 당긴다
압력솥 추가 뱅글뱅글 돌아간다

이 랑 | 대구 출생. 2007년 《문학과 의식》 2011년 《유심》 등단. 전직 법원
공무원.

봄날, 거머리 같은

이무열

봄날을 '한쌈'에 싸먹고 싶은 날
엉거주춤 헐티재 넘어간다.

청도읍 거쳐 풍각과 각남 가르는 갈림길 지나
햇볕 풍성하고 물 풍부한 곳
한재미나리는 근동에서 유명하다.
물기 탁탁 털면 파릇파릇 은근하고 싱그러운
초록 전령이 소문처럼 입안에 흥건하다.

햇살은 바야흐로 천지사방 눈부신
봄날 오후, 소주잔에도 일렁거리는데
위암 오래 앓던 큰 외삼촌
배배 말라 몸 아프던 어린 날 생각난다.

미나리꽝에 부록 같이 엉겨 붙던,
약에 쓴다고 거머리 잡아 보겠다고
글썽글썽, 외사촌과 동무하던 시오리 길
생미나리향 포개어져 아련한데

1kg 8,000원 하는 미나리와
삼겹살 서너 근 끊고 쌈장 공짜로 얻어
헤프게 먹어치우는,
홑겹 비닐하우스 속 봄날이 간다.

도끼 백힌 이야기

　　산청군에 심원사라는 절이 있고, 그 마을에 이름은
모르겠고 그래 성은 조 가고 부자여 열 살 전에 즈그
아부지 어무이 다 죽고 삼돌이라는 머슴아가 조부자
네 소 키우고 꼴머슴 살았어 마침 절에서 부처님 개금
도 벗거지고 비새는 대웅전도 고칠라꼬 석 달 열흘 기
도 마치는 회향날 꿈을 꾸니께 내일 화주책 짊어지고
처음 만나는 사람에게 보이라 했는데 바랑 진 채로 산
문을 나서다 삼돌이를 만나 하도 기맥혀 털썩 주저앉
았어 웬걸 삼돌이 요량 없이 삼십 년 새경 장개도 못
들고 다 내놓는 거라 피나는 돈 어찌 받겠노 싶어도 그
예 갖다 줘 기와번와 하라는 거라 그런 삼돌이 내리 삼
년 걸쳐 안질뱅이 뻘찌 당달봉사가 되어 죽어버렸지
병 고쳐 돌라 그토록 기도했는데 이 따위 부처가 무슨
영험 있노? 시님 오죽 부애 났으면 도끼날 갈아 부처
님 이마를 사정없이 찍어버렸겠어 시상에나! 암만 용
쓰고 동네 사람들 일심으로 붙어봐도 백힌 도끼가 안
빠져 그 질로 가사 장삼하고 바리하고 싸들고 팔도강
산 구비구비 떠 헤맨 거라 머릿속에는 항상 도끼 생각
이 안 잊혀 그러구러 서른 해가 흘러흘러 어느 날 고을
에 원님이 왔는데 사람들 모이가 쑥덕거리거든 원님
이 도끼를 만지니 그제사 빠지는데 도끼날에 ‘화주시

주상봉'이라 써 있더래 옳거니 알았다 떠돌이 탁발
하던 시님과 원님 된 삼돌이가 다시 만난 거지 원래 팔
자에 안질뱅이 뻘찌 당달봉사가 전부 들어앉았는데
신심공덕으로 한 생에 다 받은 팔자 전생이 훤하게 열
려 이제 알은 거라

우리 죄 짓고 복 진 거 절대 하루아침 한 몫에 다 안
받아 지금 여기 주지시님도 중풍 났잖아 훗생에 받을
거 미리 받잖아 삼돌이 이야기는 나 중질 육십 년에 보
태고 자시고 들은 대로 딱 고대루여! 세 번 받을 가보
를 한 번에 받았거든 욕지전생사 궁금타 이 풍진 세상
점칠 것도 사주 볼 것도 없다고 해 원 바로 세우면 짓
고 받는 인연이나 공덕이라는 거 가피 입어 원대로 되
는 거여

묵국수를 먹다

강원도에 백 년 만의 폭설 내린 날
나는 대구의 질척거리는 불로시장을 어슬렁거렸다.
식욕에도 무장 눈발 어룽진 얼룩 같은 것이 있다면
더러는 위로 받고 싶은 허기진 시간도 있어
묵밥, 묵국수 팝니다 허름한 현수막 펄럭이던 집에는
마지막 끼닛거리처럼 식탁이 달랑 두 개뿐
주인 할아버지는 끓는 메밀 솥을 주걱으로 연신 휘
젓고
묵 써는 할머니의 등은 해거리 비탈밭처럼 꾸부정한데
답답하고도 설운 심사 달래듯
묵국수 사발에 꾸역꾸역 고개를 처박았다.
10년 넘게 꾸려온 점포를
무조건 비우라는 집주인의 건물인도 청구소송에
오늘은 어쩔 수 없는 답변서를 작성해야겠다.
애꿎은 송사에 변호사도 사지 못한 자에게
때로 산다는 건 쓸쓸한 식탐처럼 자꾸 목이 메는 것
이라서
귀때기 파랗게 질리는 난전 시장통을 돌아
지지눌러온 분노와 용서 사이
봉두난발 분분한 눈길을 하염없이 걸었다.

이무열 | 대구 출생. 1997년 〈매일신문〉 신춘문예 동화 당선. 2010년 《유
심》 등단.

분교

이석란

붕어선생이
올챙이들을 불러 모으는
둠벙

연둣빛 수련 서너 페이지
펼쳐 놓고
물의 말씀, 햇빛의 법칙
자연과목부터 가르친다.

어쩌다 비친 구름 몇 조각
도약대 삼아
뜀틀, 평행봉, 멀리뛰기
신나는 체육시간도 있다.

언젠가 앞발, 뒷발 나오면
논둑 위로 뛰어오를 수 있다고
열강 하신다.

지금은 학이시습
꼬리 달린 어린 것들 배울 게 많다.

병원일지

1.분만실

땅이 쩍쩍 갈라지면서
드디어
눈부신 탄생을 본다.
황토밭에서 고구마 캐는 날은
가쁜 숨 몰아쉬도록
땀 흘려도 좋다.

2.장례식장

긴 이별을 향해
하얀 장갑 낀 손들
흔들어댄다.
저만치 쑥부쟁이 꽃무리 속에
잠겨 떠나가는 상여.
활활 타는 단풍나무 곁에서
바람은 연신 불을 헤집고
그 위에 걸린 새털구름
옷가지 타는 연기인 양
흩날린다. 화창한 가을볕 아래

산책길에서 만난 해고자

누가 쓰다 구겨 던진
수십 장의 이력서 냉큼 받아
꽃으로 활짝 피운 목련나무.
그 빛나는 하얀 색 아래
폐기 처분된 낡은 사무용 캐비닛.

지난날 칸칸이 쌓아올린 업적
기밀문서 대외비로
아무도 열지 못하게 잠가놓고 있다.
상사에게 길들여진 닳고 닳은
손잡이 녹슬어가고,
종일 울던 전화벨 소리에
비밀번호를 잊어버린 다이얼은
왼쪽, 오른쪽으로 마구 헛돌고 있다.
쫓겨나올 때 난동을 부리다가
한방 얻어맞았는지
찌그러진 뒤통수
바람이 스치자 벌겋다. 오늘은
입사철을 알리는 꽃샘추위에
좌우 가슴이 심하게 삐거덕거린다.

이석란 | 2010년 《유심》 등단. 동국문학인회, 한국시인협회, 경남문협 회원

콩나물

이학종

두 팔 없어도 허전하지 않다
외다리이어도 외롭지 않다
기댈 친구, 다리가 되어줄 형제가
곁에 늘 있기 때문이다

어쩜 이렇게 밝고 편안한 것이냐
고단한 이에게 더 사랑받고
비루한 이도 넉넉함을 갖게 하는
그 힘은 대체 어디서 나오는 것이냐

너희는 한 번도 홀로인 적이 없었다.
함께 웃고 울고, 늘 소곤거렸다
몸 뒤척여 간지럼 태우며 낄낄댔고,
기지개 펴며 키 재기 놀이를 하곤 했다
홀로 배부른 적도, 배곯은 적도 없었다
기쁜 일도 슬픈 일도 늘 함께 나누며
언제나 서로를 뜨겁게 사랑했다

태어날 때도 그랬던 것처럼,

세상으로 나갈 때도 하나여야 한다
부둥켜안고 더 좋은 세상에 날 때까지
부디 그 끈끈한 인연의 줄을 놓지 말거라
혹여 헤어져 혼자가 되더라도
서로를 쉽게 찾을 수 있게
노랗게 염색을 한 것도 그 때문이 아니더냐.

세상이 아무리 험악하고 무서워진대도
어우러져 사는 재미를 영영 잃어버린대도
너희만은 공존의 가치를 지키기 위해
서로를 단단히 부둥켜안아야만 한다

함께 하는 아름다움을 위하여
함께 사는 살맛나는 세상을 위하여

iPoet
   —스티브 잡스를 추모하며

뒤집어 보고
옆에서 보고
뒤에서 보고
밑에서 보고
깨뜨려 보고
잘라서 보고
고정관념 버리고 다르게 봐라
시는 늘 주위에 넘쳐나는 것이니
시가 내게 오도록 마음의 문을 활짝 열라

시인으로 막 등단했을 때
선배시인들이 들려주었던
늘 머릿속에 간직하는 경구 같은 가르침

Stay hungry, stay foolish!
Think different!

그가 만든 세상이 아름다웠던 건,
죽음을 당해 온 세상이 슬픔에 빠진 건,
그가 iGod이어서가 아니라 iPoet이었기 때문

시란 펜과 자판이 아니라
세상을 향한 한없는 사랑으로 쓰는 것임을
1955-2011, 온 맘으로 보여주었기 때문

아버지 2

주검처럼 누웠던 아버지가 숨을 몰아쉬며 가까스로
말문을 여셨습니다 우리 아들이, 우리 아들이 얼마나
똑똑한데……, 처음 대하는 따뜻함에 속 좁게 숨겨왔
던 원망을 모두 내려놓았습니다 막 숨을 거둔 아버지
의 눈을 쓸어 감기고 가만히 턱을 당겼습니다 함박눈
은 싸드락싸드락 세상의 깊이를 드러내고, 눈에서 튕
겨 나온 햇살은 비수처럼 미간에 박혔습니다 가끔씩
아버지를 만납니다 거울에 백미러에 쇼윈도에 어른어
른 모습을 나투십니다 아들이 연탄가스로 죽음을 향
해 치닫고 있을 때, 바람처럼 달려와 당장 밖으로 나가
지 못하겠느냐고 불같이 호통 치신 뒤로는, 30년 넘게
연락을 끊었던 분이 조급증이라도 생겼는지 요즘 부
쩍 오십니다 아무래도 그 까닭을 여쭤봐야겠습니다

이학종 | 경기 양평 출생. 2010년 《유심》 등단.

폭우

임연태

산 무너지고 강 넘친 날.
고추, 오이, 가지 다 썩어 문드러진 날.
온 종일, 사타구니가 근질근질 하던 날.

봉정암

허억, 커억, 숨 밟으며 올라간 곳
먼저 와 사리(舍利) 묻어두고 하산해 버린 부처
내려가, 또 얼마나 헤매야 만날 수 있을까?

조장(鳥葬)

내 육신 맛있게 먹고 높이 날아라.
눈 매섭게 뜨고 멀리 혹은 가까이
찾아라, 살아서 만나지 못한 그 사람.

임연태 | 2004년 《유심》 등단. 시집 《청동물고기》 기행집 《감성으로 가는 부도밭기행》 《행복을 찾아가는 절집기행》 《가뿐하게 떠나는 히말라야 행선 트레킹》 미얀마 난민촌 르뽀집 《철조망에 걸린 희망》.

귀(耳)

임효림

마음을 열고
들어보면
언제나 가슴을 울리는
소리가 있다

어둠 속에서도

꽃 무릇

피려면 그냥 피고 말지
왜? 이리 아름답게 피었노
꽃 무릇

저것 좀 봐!
저것 좀 봐!
누굴 유혹하려고
붉은 입술로 웃고 있노

늙은 사내를
미치고 환장하게 하는
무릇 꽃

마음을 비춰보는 거울

무슨 저울이 있어서
마음의 무게를 달아보고

무슨 자(杼)가 있어서
마음의 길이를 재 보았으면

그리움이 깊은 날은
공연한 생각을 다 해본다

마음을 비춰보는
거울이 있다면
내가 내 마음을 비춰보고 싶다

임효림 | 2002년 《유심》 등단. 시집 《흔들리는 나무》《꽃향기에 취하여》
《그늘도 꽃그늘》 등.

길

정정례

다람쥐는 길이었다

참나무 가지와 소나무의
등을 타고 달리는 길
날마다 오르내리며
긴 꼬리로 스치는 길
그 숨찬 소리를
저 나무는 들어 보았을까

바람 불 때마다
우수수 쏟아지던
촘촘한 사연들
그가 뚫어놓은 길에
뿌려진 시간들을
모든 길은 나무로 오르는 설렘이었고
땅으로 내려오는 아슬아슬함이었다

하지만 길이여
얼마나 더 많은 시간을 기다려야

저 하늘 길로 새들이 걸어가고
시간의 나뭇가지를 달려오는
뜨거운 갈퀴를 볼 수 있을까

공원

저기, 벤치에 누워 하늘을 보라

초록 잎들이 어우러져 내주는 그늘을 덮고

흔들릴 때마다 묻어나는

나뭇잎들의 푸른 향기를 보라

가지 사이 줄기들 엇갈리며

나무와 나무가 잇는 길을 보라

버찌 살구 앵두 자두 같은 것들

분수껏 몸 키우며 때를 기다리는 것 보라

새 한 마리 기웃거리며 열매를 쫄 때

한 작은 흔들림 위에서 새가 훔쳐 먹는 시간을 보라

그 톡톡 거리는 재미를 보라

그걸 지켜보는 나무의 저 느긋한 재미를 보라

동행기

버려진 창틀 하나 누워 있다
창살 사이로 햇살이 꽂힐 때마다
파르르 몸을떤다

창밖으로 내다보이던
뒤뜰의 죽순
텃밭의 빗소리
오동잎 그림자가 어른거린다
이제 망가진 창틀 너머
기억에만 있는 풍경들

깃털 하나 날아와 그 위에 눕는다
부서진 창살 부드럽게 어루만지는 깃털
한때 바람보다 가볍게 하늘을 날며
입김보다 부드럽게 새끼들을 품었을 그것

동병상련(同病相憐)의 시간이
서로를 끌어안고 있다

정정례 | 2010년 《유심》 등단. 시집 《시간이 머무른 곳》. 한국문인협회, 시문회 회원.

데자뷰

허진아

아래층 처마의 암키와와 수키와를 바라본다 비를 막 아내는 저 힘, 마음이 흐르는 비를 따라가다 버스 정 류장의 검은 우산에 멈춘다 누굴까, 무말랭이 무침이 나왔다 어떤 여자일까 청국장이 차갑다 누굴 기다릴 까 젓가락 하나 바닥에 구르고, 그릇을 그러잡는 엇박 자의 손가락, 떨어지는 빗물, 무처럼 말라가면 어쩌나, 비는 하염없이 내리고, 움직이지 않는 우산, 창밖은 온 통 검은 안개, 비가 그치면 우산을 접고 어디를 향할 까, 피부가 쪼그라들고 빗물에 젖은 혈관은 터질 듯한 데, 움직이지 않는 다리 뿌리가, 땅속으로 뻗어 세상의 뿌리와 감기고, 바닥을 뚫고 올라와 내 몸을 감는다 편 안한 고통, 유리에 흐르는 피, 한 방울 없이 소진한 나, 우산을 버리고 여자가 혼자 빗속을 걷는다 나무가 끌 려가고 땅속에서 뿌리들이 일어선다 검은 달빛, 여자 가 고개를 돌려 윈도우를 바라본다 내가 여자를 바라 본다

다렐에게*

너의 숨소리가 나를 벤다. 검은 입술, 귀를 대고 너의 기억을 부르자 그림자 축축하다. 잠깐 열었다 닫는 붉은 눈꺼풀, 손을 잡아도 너는 그림처럼 조용하다.

너의 숨소리를 어떻게 그리고, 빛이 없는 얼굴을 무슨 색으로 칠할까. 벽마다 끈적이는 너의 고통을 어디에 그리고 어떤 색으로 기억할까. 내 캔버스의 어디쯤에 너를 놓을까.

물고기처럼 누운 너, 침대에서 자라고 사랑하고 죽어가고, 어쩌면 우리는 침대의 높이만큼 두려웠을지도. 차를 끓이고 내 얼굴을 쓰다듬던 손, 떨어진다.

네가 없는 침대를 그린다. 벽에 붙은 숨소리를 하얗게 칠하고 너의 무게만큼 베개와 시트를 하얗게 칠한다. 너를 안아 침대에 뉘고 담요를 하얗게 칠한다. 마지막으로, 1915년 1월 24일 페르디난트 호들러라고 쓴다.

여전히 빼끔거리는 입술, 눈꺼풀이 열릴 때까지 나
는 너를 바라본다.

다렐, 죽는 것과 사는 것 무엇이 더 가볍니.
침대에 누워 네가 남긴 죽음의 부스러기를 만진다.

* 페르디난트 호들러(Ferdinand Hodler)의 〈암으로 죽어가는
  발렌틴 고데 다렐〉 1915년, 캔버스에 유채.

회(回)

나 보기가 역겨워도 돌아와 주신다면 말없이, 말없이 고이 맞으오리다 영변의 약산 진달래 꽃 아름 따다 오실 길 뿌리오리니 오시는 걸음걸음 놓인 그 꽃을 사뿐히, 사뿐히 즈려밟고 오시옵소서 가도 아주 가지는 않노라시던 그런, 그런 약속이 없었겠지만 나 보기가, 나 보기가 역겨워도 돌아와 주신다면 죽어도, 죽어도 아니 눈물 흘리오리다 봄에도, 삼월(三月)이 져가는 날 에, 붉은 피같이 쏟아져 내리는 저기 저 꽃, 꽃 잎들을…… 사 노라면 잊힐 날

있겠지만, 그런대로 세월만 가라하겠지만, 가도 아주 가지는 않으셨다면 굳이 잊지 말라고 부탁하오니 오시는 걸음걸음 놓인 그 꽃을 사뿐히, 사뿐히 즈려밟고 오시옵소서 속없이 느끼는 가는 봄을, 오늘도 개여울에 나와 앉아 하염없이, 하염없이 뚝, 뚝 흘려보냅니다

허진아 | 2010년 《유심》 등단.

권영희 김　경 김경태 김동호
김선화 김영주 김용옥 김용희
김해인 박미자 박방희 서　덕
윤경희 이승현 황영숙

철탑 아래 누가 있다

권영희

보는 이 없어도
국화꽃은 피어서

햇살 받아 번지는
보랏빛 자모음(字母音)

사람아 문 좀 열어봐
철탑 아래 누가 있다

말맛

배추김치 입에 넣고

간간하니 좋다, 애

연포탕을 떠서도

슴슴하니 괜찮다, 아가

삼대(三代)가 둘러앉은 저녁상 어둠도 따스하다.

눈물

94

냉이꽃 같은 바람 가슴 한켠에 돋아

그대 힘겨운 어깨 들먹이고 가는 저녁

말갛게 깊어지는 한 생 외등 빛이 번진다

권영희 | 경북 안동 출생. 2007년 《유심》 등단.

가는 길은 하나

김 경

그곳이 어디이기에 살던 집 다 버리고

불 터널 터덜터덜 혼자 이사를 간다

아무도
가 본 적 없는
먼 나라 영혼의 집으로

흰 사과 꽃분홍 지다

등 굽은 언덕바지
혼자서는 벗어날 수 주저앉을 수도 없다
뿌리 내린 사과나무 한 그루
그 내력은 아무도 알지 못한다
앞뒤로 보이는 것은
희뿌연 하늘 회색 아파트 옆구리
누구하나 눈여겨보지 않아도
때는 알아서 검은 가지마다
꽃수레 흰 사과 꽃분홍이 핀다
꽃꽃잎 흰 꽃 등불 밝혀 놓은 밤
살빛 소살거리는 귀밑머리바람에
꽃 안개 자욱이 감싸오는 순간의 절정
이 찬란한 봄의 궁전을 아는 사람 있을까
내 생애 봄날이 간다
저 흐드러지는 꽃잎 다 질 때까지
다시 기다리는 시간의 꿈 조각들이
알알이 영글어 가면
지상은 온통 가을 향기로 가득 차리라
너 나 함께 살아 있어
이 꽃이 아름답다고
내가 내게 말을 건넨다

사과나무 흰 분홍 꽃피었다 자지러진다

바람 부는 길

알아도 모르는 척
보고도 못 본 듯이

세상일 가만히 내려놓고 살라 하지만

하루가
뜬구름 같아
바람 부는 길입니다

돌아보면 아득하고
눈감으면 삼삼한

가을 길모퉁이 얼비쳐 오는 어머니

이제야
당신의 빈자리
따뜻했던 가슴 열려옵니다

김 경 | 목포 출생. 2007년 《유심》 등단. 시집 《누가 바람의 집을 보았는가》.

드뷔시, 12개의 연습곡

김경태

1. 다섯 개의 손가락을 위하여, 체르니에 의거하여

음계를 오르는 자여, 음계를 파괴하라, 바람은 낮고 가볍게 소리는 차고 날렵하게, 수면에 흩날려 사라진 파문(波文)을 기억하며,

2. 3도를 위하여

두려움이 길을 막고 어둠이 밀려와도, 그대와 동행하는 윤회의 세월들, 온몸을 감아 오른다, 차갑게 타오른다,

3. 4도를 위하여

숨을 거둔 여인, 첫사랑의 기억, 다가오지 않는 오후를 맞이하러 떠나는, 눈먼 채 춤추는 인형, 양손 묶인 무명화가,

4. 6도를 위하여

관객은 아무도 없다, 늙은 광대의 마지막 공연, 늘어진 줄 아래 몸을 내맡긴다, 이제는 퇴장이 없다, 허공이 팽팽해진다,

5. 8도를 위하여

새벽을 알리는 박쥐들의 비행을, 동트기 전 마지막 드높은 파도를, 절벽은 견디고 있네, 부서져버린 기억을,

6. 여덟 개의 손가락을 위하여

갓난아기 사체가 발견된 곳은 변기통, 변기물이 빨려가는 속도로 생을 마감한, 축축한 공기를 먹고 자라나는 다섯 시의 태양,

7. 반음계를 위하여

계부의 자식으로 태어나버린 나, 깨진 거울들이 백열등을 삼키는 방, 잠긴 문, 창문을 그리는 열다섯 사춘기여,

8. 꾸밈음을 위하여

온몸에 꽃이 피네 느릿느릿 뱀 기어가듯, 두고 온 허물들이 사방에 피고 지네, 나 홀로 몸 둘 곳 없어 자꾸만 허물을 벗네,

9. 도돌이 음을 위하여

어제 죽은 내 모습 오늘도 살다 죽을, 살가죽은 바수
어져 살비듬으로 날리네. 흔적을 남기지 않고 반복되
는 시간들,

10. 음의 대비를 위하여

대성당에 걸린 예수의 사체를, 도심 한복판에 우글
거리는 비둘기를, 어쩌면 좋겠습니까, 원죄(原罪)로
얼룩진 이 아이를,

11. 아르페지오를 위하여

파도가 거세져도 심해는 조용하다, 한바탕 승천하려
다 거꾸러지고 마는, 깊은 밤 한없이 썩어 아무도 알
수 없는,

12. 화음을 위하여

플라멩고를 추는 검은 빛의 여인, 그녀와의 정사를
잊지 못하는 소년, 새벽을 머금고 피는 보랏빛 나팔꽃
처럼,

템페스트 소나타

폭풍이 지난 자리

그대가 떠난 자리

희미한 호흡으로 오랜 침묵을 삼킨다

바람은 말없이 불어 돌아앉은 푸른 밤

능선을 따라 울리는 그대의 뒷모습

어긋난 바퀴처럼 기우뚱 길을 돌아

바위 틈 깊어진 주름

눈앞에서 휘청인다

두고 온 기억마저 차가워진 하늘아래

저 혼자 뒤돌아선 달무리 저편 너머로

비바람 신열을 두르고

사라져가는 기적(汽笛)의 시간

섬으로 간다

이 삶을

벗을 수 없어 뱃길에 몸을 싣는다

낡은 외투 걸어두고 뱃머리에 서성인다

한평생 아픈 몸 끌고

파문(波紋)처럼 살아왔다

욱신거리는 상처를 그녀에게 남겨두고

흘러가는 구름 한 점 그녀에게 남겨두고

돌아서 숨을 죽인 채

흔들리는 뱃고동소리

섬에서 섬으로 간다*

갈대 무성한 섬으로 간다

흉터로 얼룩진 가난한 미소를 머금고

무너진 섬으로 간다

수평선을 긋는다

*전동균의 시 〈섬〉에서 인용.

김경태 | 부산 출생. 2005년 《유심》 등단.

가을나기

김동호

마냥 좋은 볕발 놓고도 습관처럼 불안에 떠는
새벽이 또 무서운 일용직 저녁답처럼

한가을 속절없이 앓는
그 가난 곁
가서 서다

꽃이야 꽃이지만
뿐이랴 아픔도 된다

잔칫날 뒷설거지같이
가을에 잇댄 겨울

이 외길 걷다가 서다가
절룩대는 저 행려(行旅)

비 오는 날 벚꽃

피다 젖다 지는 벚꽃 낙화로 한 번 더 핀다
비 실리고 낙화 뜨고 산자락 물빛 돌고

부푼 강
붓을 헹구는
이 봄날에
나도 묽어

신 발

멀쩡해 뵈는 운동화 그냥 버려졌는데
그렇거나 말거나 그대로 두면 될 일을
이 무슨 마음이 그리 안되어 줏어다가 신고 싶다

구멍난 고무신을 때워 신기느라고
할배는 어린 나를 장마당에 세우셨다
그렇게 신은 신발에 내 영혼은 실려 왔다

낙낙해진 고무신 뽀얗게 씻어 내건
윤 오른 툇마루 끝 쌓이던 살가운 볕발
그 살림 엮어 내던 법 그 시절 다 어디 갔을까

뜨는 해 지는 해를 밀어 올리고 받아주는
앞뫼나 뒷산 같은 신발이었으면 싶다
그 누구, 세상 건너는 발에 잘 맞는 신이고 싶다

김동호 l 2008년 《유심》 등단. 현재 춘천중학교 교사.

숲에 들어

김선화

함박눈 미사포를 쓴
나무에게 배웠네

하늘 향해 손 모아 기도하는 마음을

안으로 아픈 기억을
다스리고 있음을

사나운 비바람에 꺾이며 떨던 시간
인고를 새기던 기나긴 발자국이

옹이진
상처였음이
눈으로 만져지네

화장을 지우고 엉킨 마음 나도 비우니

하늘에 기대어 빚지며 살아온 나날

꽃망울 세우는 핏줄 아프도록 보이네

엄마의 '우리강아지' 2

어린 날 졸졸 따르며
치맛자락 잡았었다

감기 들면 밤새껏
이마를 짚어주던

울 엄마 손을 핥으며
꼬리를 흔들고 싶다

추억 바래기

햇살 먹어 장맛 들이던 뒤란 항아리들이

집을 새로 짓고 옥상으로 올라왔다

하늘이 더 가까워져서 달도 별도 밝게 뜨고.

어머니 행주질하던 그 손길도 떠나가니

거꾸로 엎어진 놈은 세상도 등을 지고

소금기 빛바랜 추억 바람이 실어 나른다.

김선화 | 서울 출생. 2006년 《유심》 등단. 2011년 가람시조문학상 신인상 수상. 현재 한국시조시인협회 사무차장.

내 머릿속의 지우개

김영주

살면서 두려운 건 죽음인 줄 알았다

살면서 두려운 건 삶이란 걸 알았다

보내고
혼자 남는 일
슬픔조차
모르는 일

사진관 가는 길

서랍에 누워계신 어머니를 꺼내 봐요
할머니 고우시네요, 사진사가 그랬다죠
울 엄마 기분 좋았겠네
말없이 웃으셨죠

돋보기 코에 얹고 돌아앉은 얇은 등
사진 속 야윈 얼굴 보고 또 쓰다듬고
다 늙어 곱기는 뭐가……
혼잣말을 하셨죠

사진관 가시면서 무슨 생각 하셨을까
깨질 듯 부신 하늘
코끝 찡하셨을까
젖은 듯 웃는 얼굴이 흔들리네요, 자꾸만

언젠간 어머니처럼 카메라 앞에 앉겠지요
할머니 고우시네요, 젊은 사진사 농을 하구요
두고 갈 사진이에요
아마 나도
그러겠지요

한밤중

위층 신혼 부부 싸우는 소리 들린다
누가 들을까 봐 두근두근 싸운다
입으론 아무 말 않고
삐그덕빼그덕 싸운다

쿵! 큰방 문 닫는 소리
쾅! 작은방 문 닫는 소리
엉클어진 두 마음만 캄캄하게 울리더니
지금은
사랑싸움을
진지하게
하는 중

김영주 | 경기도 수원생. 2009년 《유심》 등단. 사화집 《마디가 큰다》 디카
시사화집 《초록유전자》. 학교도서관 사서로 근무하고 있다.

양평 별곡

김용옥

양원 양정 양수역 중앙선 양평 가는 길

넘치는 향기
밤꽃 환히 펼쳤다

메꽃도 향내가 스며 진하디 진한 분홍빛

왕조의 느티나무엔 남남북녀 흐르는 운기

나뭇잎 뒤에 숨어 벌레 한 쌍 짝을 짓고

젖가슴 열뜨린 두물머리 푸른 물에 젖는다

봄

접질린 발목에 굵고 긴 침을 맞는다

아슬아슬한 침투
삭정이에 물오르듯

파르르
떨리는 소통, 이건 누구의 위로일까?

꽃길 엽서

복사꽃도 열병 앓듯 왔다가 가셨는지

박태기나무 자주튀밥 조팝나무 하얀 팔

꽃구경, 꽃들의 사람 구경
너에겐 다
미안해

김용옥 | 2011년 《유심》 등단.

처음 가는 길

김용회

할배가 야속하다.
미처 마치지 못한
아침상 치워버린
되새김 되새김하며
여물 한입 볼 가득 담고 외양간을 나선다.

할배가 뒤따른다.
뚜벅뚜벅 아무 말 없이
서릿발 식지 않은
밭두렁 따라 걷는데
두어 개 골 붉은 대추는 아침 해를 입는다.

할배가 얘기한다.
내 고삐 건네주며
저 차에 올라타거든
소가 되어 오지 마라
철창 친 5톤 트럭은 시동 켠 채 서 있다.

겨울맞이
—삼정헌(三鼎軒)에서

산 아래 두물머리
들판인 듯 환하고
뒹구는 은행잎은
흩 바람에 춤추며

빈가지 서어나무도 겨우살이 하는 때

코끝을 간질이는
구름 빛 찻잔위로

벙싯 미소 짓는
그대모습 보이네

잊겠다 찾아든 이곳 옛 추억만 새긴다.

* 삼정헌(三鼎軒): 경기도 남양주시 조안면 운길산 중턱에 자리
잡고 있다. 수종사 경내에 있으며 가장 전망이 좋은 곳에 자리
한 삼정헌은 다실(茶室)로 이용되며 이곳에서는 누구나 차를
마실 수 있다.

달과 노송

초저녁 둥근달
그대 얼굴 같아서

한 자락 걸친 구름은
부끄러운 웃음 같아서

솔숲이 그대 가린 밤 내내
피가 돌듯 찾았네.

김용회 | 전남 장성 출생. 2008년 《유심》 등단.

괭이갈매기들의 전언

김해인

동해의 외딴 섬이 어느 나라 것인지는

이곳이 현주소인 우릴 보고 판단하지

큰집이
어디인가를
따져보면 분명해져

동해의 외딴 섬이 어느 나라 것인지는

눈앞에 뵈는 곳이 어디인지 따지면 돼

저 멀리
보이는 것이
본적지인 울릉도지

동해, 외딴 섬의 눈빛 전언

1
누구는 나를 독도라 부르고
누구는 나를 다케시마라 부르고
한 가지 분명한 것은
동해바다 출신인 것

2
내 몸을 둥지 삼은
갈매기는 끼룩끼룩

내 몸에 구애하는
파도는 철썩철썩

그들은
너무 잘 알지
조선의 후예인 날

3
큰집인 울릉도가 안부를 물으면

작은 집인 내가 눈빛으로 답하지

우리는
한 바다에서
태어난 형제인 걸

4
멀리는 이사부가 내 몸을 돌보고
가까이는 안용복이 내 몸을 돌봤지

뒤늦게 누구 맘대로 내 몸을 넘보다니

비파(枇杷)

동백꽃이 필까 말까 망설이는 동안에

과감하게 밀어붙인 비파를 한 번 봐

자잘한
꽃들의 품에
햇살이 뛰어놀지

짐승처럼 모두 다 웅크리고 잠든 밤에

생각에 잠겨 있는 비파를 한 번 봐

입 다문
꽃들의 몸을
달빛이 더듬잖아

김해인 | 본명 김재석. 전남 강진 출생. 2008년 《유심》 등단. 시조집 《내 마음의 적소, 동암》《이화》《별들의 사원》《별들을 호린다고 저 달을 참수하면》《고장난 뻐꾸기》《큰개불알풀》. 현재 목포 마리아회 고등학교 교사.

꽃담

박미자

이 봄날 환한 나들이 꽃담이 걸어간다
연꽃무늬 卍자무늬 넝쿨넝쿨 인동초무늬
저마다 치장하고서 치맛자락 날린다.

담장에 무늬 놓아 신께 비는 작은 소망
흙벽의 가장자리 궁궐 안 굴뚝에도
수틀에 꽃 피어나듯 자연미가 넘친다.

경계 아닌 멋과 흥 걸음새도 여유롭다
오가는 행인들도 은근 슬쩍 넘어다 본
선 고운 한복 여인이 소쿠리 들고 간다.

십장생 둘린 울에 물 마시러 나온 사슴
해 뜨고 달 기울던 몇 대의 평안으로
저녁밥 짓는 연기가 굴뚝에서 솟아난다.

동피랑 마을

동피랑 동화 마을 화살표 따라간다
미로 같은 골목길 요리조리 굽어 돌면
할머니 손잡고 나온 벽화 속의 아이들

다닥다닥 붙어사는 굴껍질 같은 집들
"와 보노 문디자슥 뭐 볼끼 있다고"
토속어 정겨움 담아 발걸음 잡아끌고

벽화 속 이야기가 조잘조잘 끝날 즈음
언덕 위 카페에는 따끈따끈 커피향
저 임란 통영 앞바다에 방패연이 떠 있다

길커피

비좁은 시장 통로
인정 실은 리어카

입담도 설렁설렁
눈빛으로 저어가며

차가운
바람 한 움큼
녹여주는 손난로

박미자 | 2007년 《유심》 등단, 2009년 《부산일보》 신춘문예 시조 당선. '운
문시대' 동인.

꽃이 진다

박방희

꽃 피지 않았다면 질 수도 없는 일

꽃이 진다,

봄 여름
가을 겨울
꽃이 진다

내 마음 어둔 언저리로

환하게

꽃이 진다

사랑

꽃나무 가지가지 망울망울 불꽃 인다

온 나무 불붙었다 활, 활, 활, 타오른다

까무룩
져 내리고는
불 꺼진다,

캄캄하다!

자귀나무 꽃

산에서 내려오다
야호! 소리 듣는다
조금 전 손 흔들던
갈래머리 소녀들
하마나 정상에 올랐나
뒤돌아서 찾아보면

소리 주인 간 데 없고
나절 해만 기웃한데
한 무더기 자귀 꽃 피어
외치는 야호— 소리
푸른빛 속 붉은 목청
참, 눈에 띄고 환하네!

박방희 |《일꾼의 땅》《실천문학》《유심》 등단. 시집으로 《불빛 하나》《세
상은 잘도 간다》동시집으로 《참새의 한자 공부》《쩌렁쩌렁 청개구
리》《머릿속에 사는 생쥐》《참 좋은 풍경》 등.

다음날

서 덕

아버지 죽은 그 다음날
노을이 유쾌했다

부양할 입이 줄어,
이젠 내가 장(長)이라

기뻐서
신명나게 춤출까,
생각하다

울었다.

파슈파티나트 화장터

—네팔 카트만투 사람들은 누구나 바그마티 강에 있는 파
슈파티나트 사원에서 화장되길 원한다. 사원은 관광지로
개발되었고, 500루피를 내면 죽은 이를 화장하는 모습을
지켜볼 수 있다.

1

시체를 태우고 나니 어둠 한 조각 벙글어
밤을 닮은 강물은 조금 더 어두워졌다

꺅 꺅 꺅
소리 지르는 원숭이와
관광객들.

2

비릿한 땟국물 흐르는 아이들은
떠난 이의 노잣돈 찾아 강을 헤집고 다녔다

관람료 오백 루피는 관리인 차지였다.

3

만개(滿開)한 어둠은 저들끼리 가고 오는지

풍경 같은 풍경 가라앉는 바그마티 강가에서

동전을 높이 쳐든 아이의 환한 미소가 태어난다.

화석

하고 싶은 말이야 석 달 열흘 가득하지만

몸 버리고
마음 버리고
가릴 말 다 가려내고

책갈피 분홍 꽃잎 말리듯
한 마디 말
접었다.

서 덕 | 제주 출생. 2010년 《유심》 등단. 성균관대학교 재학 중.

고목

윤경희

시방, 해남의 햇살은 주름진 치마폭이다, 풋풋한
초록을 풀며 연신 얼굴을 묻는

밭고랑 맨 가슴 열어 촘촘히 숨 내쉰다

고택을 물들이는 녹우당 붉은 동백 차마 내딛지 못
하는 빈 뜨락의
고요함이여

오백 년 거염지게 선 고목, 인기척도 없는

폭설

한 치도 예측할 수 없는 저 광란의 몸짓

누구도 가늠하지 못한
숨 가쁜 경매의 시작

가슴을
쓸어내리는

가장(家長)의 몸부림 같은,

도시 민들레

1

그것도 사람의 발길 바삐 오가는 한길가

겁 없이 흔들리며 온몸을 지탱합니다

어둡고 찬 보도블록, 몇 날 밤을 그리 앓은

휘어진 관절마다 바람이 스쳐갑니다

땅바닥 틈새마다 화사한 문패를 내건

한참을 꿋꿋이 피어올린 한 생의 눈부심

2

어디서 날아왔는지 홀씨들 서로 엉깁니다

또다시 안착하는 요양원 유리창 너머

하루를 물들입니다, 저물녘 한 송이 꽃

윤경희 | 경주 출생, 2006년 《유심》 등단. 시집 《비의 시간》 동인지 《겹》. 한
국시조협회, 대구시조협회, 오늘의 시조시인회의 대구문인협회원,
영언 동인.

염전

이승현

바다가
뜰이 되는
해안선 걸터앉아

구름골 이랑마다 해의 씨앗 뿌리면

제 몸을
마름질하는 말간 햇살 팔면체

끊임없이
술렁이는

산 날의 하얀 비늘들

바람의 조리질에 얼룩진 물때 씻기고

마음밭
하늘로 난 고랑에

영그는 소금 한 송이

겹이 아닌 홑

때로는 우주 비밀을 다 아는 듯 끄덕이고

가끔은 한 치 앞도 보지 못해 안달을 한다

내 안에 광채가 솟는 그 뿌리도 모르면서…

만지면 묻어나는 꽃술에 앉은 햇살

꽃술은 꽃술끼리, 햇살은 햇살끼리

서로가 겹으로 뜰 때 봄은 봄이 아니다

구름이 아무리해도 하늘을 넘지 못하듯

밖으로 향하려는 저 분망한 알음알이

안으로 되돌아올 때 겹이 아닌 홑이 된다

여울에 서서

산으로, 산으로 다가가려는 나의 발걸음

그냥 찍는 얼룩일까,
잘 짜여진 도안일까

화선지
한 모퉁이에서 잠시 숨을 고른다

펼쳐진 백지 위에 첫 발을 내딛을 땐
도도한 강의 물살이 아무리 휘감아도
흔들림 그 요동도 없이 낙관 찍을 줄 알았다

걸으면 걸을수록 뻗는 선이 갈라지고
허공에 가랑비 날듯 붓끝은 날아가고
반듯한 그림 한 점을 종내 그릴 수 없었다

조금씩 희미해지는 밑그림 여울에 서서

강폭의 여백만큼은
여백으로 키워가며

고요를
듬뿍 먹은 붓으로
들메끈 고쳐 그린다

찻잔 앞에서

황영숙

저토록 끓는 속
하고픈 말은 무얼까

아린 날의 기억들 낱낱이 불러내며
비등점 거슬러 오른 민트향이 떨고 있다

젖은 꽃잎도 씨방을 부풀리는 날
오지 않을 너를 그리며 마실 이 없는 잔을 채운다

감싸 쥔 찻잔에 고여
홀씨가 된
그 이름

꽃

아슬한 외줄타기 이력이 날만도 한데

고층건물 벽에 붙어 부어오른 임파선

흐릿한 시계(視界)를 열고 눈 뜨는 파란 창

하느님은 저 밧줄 얼마나 지켜주실까

세상 먼지 닦아내는 그 노역을 치르고서

만삭의 아내를 위해 꽃을 산다, 오늘은

벽

독한 그리움에도
발 한 번 떼지 못하고

해마다 뻗쳐오르는
담쟁이 그늘에 덮여

말없이 불러야 할 이름
운명인 줄 압니다

황영숙 | 2011년 《유심》 등단. 현재 진해 도천초등학교 교사로 근무.

오른팔을 뻗다

초판1쇄 인쇄 2011년 12월 20일
초판1쇄 발행 2012년 1월   1일
엮은이 : 유심문학회
펴낸이 : 김향숙
펴낸곳 : 인북스
주소 : 경기 고양시 일산서구 대화동 성저마을 1102-102
전화 : 031) 924 7402
팩스 : 031) 924 7408
이메일 editorman@hanmail.net

ISBN 978-89-89449-36-2 03810

값 8,000원

잘못된 책은 바꾸어 드립니다.